AF204230

Weitere Bücher der Autorin Brigitte Stolle:

Die Köchin – Eine Groteske

Ameisentage – Drei unordentliche Lesestücke

66 kecke Köchinnen-Limericks

Bienenstich – Imkerkrimi aus Mannheim

Brigitte Stolle (1959) verbrachte ihre Kindheit und Jugendzeit in Edingen-Neckarhausen (zwischen Mannheim und Heidelberg gelegen).

Neben 6 Semestern Germanistik und Linguistik an der Schloss-Uni in Mannheim sowie Berufsausbildungen und Tätigkeiten als Industriekauffrau und Köchin ist das Schreiben schon seit jeher ein Anliegen der Autorin.

Bisher sind Sachtexte, (Kriminal-) Romane und Kurzgeschichten entstanden.

Für das vorliegende Büchlein *„Als Brunhilde, Barbara und ich das Ewige Licht auspusteten"* wurden Erinnerungen der 1960er und frühen 1970er-Jahre ausgegraben und literarisch zu zwölf Anekdoten-Geschichten verarbeitet.

Doppelt lebt, wer auch Vergangenes genießt.

(Marcus Valerius Martial, Epigrammdichter)

***

Erinnerungen sind Wirklichkeiten im Sonntagskleid.

(Oliver Hassencamp, Autor und Kabarettist)

Brigitte Stolle

Als Brunhilde, Barbara und ich das Ewige Licht auspusteten

Eine Jugend in Edingen-Neckarhausen
zwischen Kindergarten, Kiesloch und Kirche

© **2016** Brigitte Stolle
Umschlag: Brigitte Stolle
Illustration / Fotos: aus Privatbesitz
Textwerkstatt Seckenheim am Wasserturm
Homepage: http://brigittestolle.de
Kontakt: b.stolle1@gmx.de

Verlag: tredition GmbH, Hamburg

ISBN
978-3-7345-0775-5 (Paperback)
978-3-7345-0776-2 (Hardcover)
978-3-7345-0777-9 (e-Book)

Printed in Germany

Wie ich es meinem Vater ein für alle Mal austrieb, sich als Nikolaus zu verkleiden

Bei uns zu Hause kam der Nikolaus immer schon am Abend des 5. Dezember. Ganz heimlich, still und ungesehen lieferte er seine Gaben in dem vor die Tür gestellten Stiefel ab – und am Nikolausmorgen, dem 6. Dezember, konnte man nachschauen, was er mitgebracht hatte.

Dass er schon am 5. und nicht etwa am 6. zu uns kam, mochte damit zusammenhängen, dass meine Oma am 5. Dezember ihren Geburtstag hatte, die Wohnung voller Leute war und Feierlichkeiten und lustige Umtrünke stattfanden. Da bot es sich einfach an, den festlichen Aktivitäten auch gleich noch den Nikolausbesuch hinzuzufügen.

Dass wir den Nikolaus niemals in voller Montur und Verkleidung zu sehen bekamen, sondern stets nur am folgenden Morgen seine Hinterlassenschaften vorfanden, hing eindeutig mit mir und meinem ersten Nikolaus-Erlebnis zusammen.

Ich war 3 Jahre alt und verbrachte den 53. Geburtstag meiner Oma in der großelterlichen Wohnung in Neckarhausen, in der ich mein Leben auch sonst zubrachte. Es war ein Mittwoch und der Tag war von Anfang an ganz anders als die übrigen Tage. Oma befand sich in heiterer und ausgelassener Stimmung. Es wurde sorgfältig geputzt und aufgeräumt. Ab und zu klingelte es an der Wohnungstür und es erschienen Personen, die mir ganz fremd waren. Nachbarn streckten ihre Hand durch die Tür herein, um meiner Oma zu gratulieren. Manchen bot sie eine Tasse Kaffee an. Am Nachmittag gesellte sich das eine oder andere Glas Wein dazu. Es saßen Leute in der Wohnung herum, es wurde erzählt und laut gelacht, Blumen standen auf dem Tisch. Ab und zu hörte ich, wie meine Oma *„Noch ein Piccolöchen?"* fragte. Ich lungerte bedrückt auf dem großen Ehebett herum, spielte unlustig mit meinen Sachen und fühlte mich von aller Welt verlassen: Heute war jemand anderes als ich Mittelpunkt und Hauptperson. Oma bemühte sich sehr, den Kontakt wieder herzustellen, mich aus der Reserve zu locken, sie zog mich auf ihren Schoß, umarmte mich, versuchte, mich zum Lachen zu bringen … aber ich war eingeschnappt und schwer beleidigt.

An mein übliches Mittagsschläfchen war wegen der ungewohnten Unruhe nicht zu denken. Und so kam es, dass ich zunehmend gereizt und vernörgelt wurde. Ein fremder Mann sagte zu mir: *„Du musst heute brav sein, sonst ist der Nikolaus böse."* Ich schaute Oma erschrocken an und die lachte: *„Ja, heute Abend kommt der Nikolaus."* Und dann fügte sie mit ganz tief gemachter Bass-

Stimme noch dreimal hinzu: *„Der Nikolaus, der Nikolaus, der Nikolaus."* Ich gruselte mich vor ihrer dunklen Stimme und versteckte meinen Kopf ängstlich an ihrer Schulter.

Diese Wirkung machte ihr großen Spaß. Aufgedreht, wie sie wegen der Piccolöchen war, machte sie das mit der dunklen Stimme und das mit dem *„Nikolaus"* noch mehrere Male mit mir. Ich saß arglos am Tisch und trank eine Tasse Kaba ... da schlich sie sich von hinten an mich heran und raunte ganz nah an meinem Ohr mit Gruselstimme: *„Gleich kommt der Nikolaus".* Ich schrie vor Schreck auf und alle lachten fröhlich. Nachdem ich mich noch mehrere Male so hatte hereinlegen lassen, war ich auf der Hut und spitzte meine Ohren misstrauisch in alle Richtungen, lauschte auf jedes kleine Geräusch, vermutete hinter allen Worten der Erwachsenen Verrat und böse Absichten. Sie amüsierten sich sehr.

Ich hatte den Nikolaus noch nie persönlich kennen gelernt und konnte mir nur vage Vorstellungen von seinem Besuch machen. Aber als der Geburtstagsnachmittag mit heiterem Gläserklingen vorüberging und der Abend kam, war ich durch das dunkle Raunen der Oma und die scherzhaften Drohungen der Geburtstagsgäste so verängstigt und nervös, dass ich innerlich zitterte und das Allerschlimmste erwartete und vorausahnte.

Und dann geschah das Entsetzliche tatsächlich: Ich hörte, wie unten die Haustür mit einem Rumms geöffnet wurde und wie jemand mit stampfenden Schritten die knarrende Holztreppe zu uns heraufpolterte. Ich saß starr vor Schreck auf dem Schoß meiner Oma und lauschte angestrengt. Mit gespielter Furcht flüsterte sie in mein Ohr: *„Der Nikolaus"* und duckte sich dabei ängstlich. Vor der Wohnungstür raschelte etwas. Und dann hämmerte der Nikolaus mit den Fäusten wild gegen die Tür und wollte zu mir herein.

Ich öffnete meinen Mund und schrie. Ich schrie gellend und wie am Spieß. Dabei hielt ich mir mit beiden Händen die Ohren zu und presste meine Augen ganz fest zusammen. Ich konnte gar nicht mehr aufhören mit dem Schreien.

Meine Oma schüttelte mich, stellte mich auf den Fußboden und eilte zur Tür. Aber der Nikolaus war verschwunden. Er war ein für alle Mal verschwunden und traute sich auch nie wieder im Leben persönlich in meine Nähe.

Dafür erschien nach fünf Minuten mein Vater, blass und verstört. Zusammen mit meiner Mutter war er gerade von der Arbeit gekommen. Hilflos hielt er ein kleines Säckchen in der Hand und einen in rotes Stanniolpapier eingehüllten Schokoladen-Nikolaus. Ich durfte auch gleich eine Mandarine essen, meine Oma schob sie mir Schnitz für Schnitz in den Mund. *„Was habt ihr denn mit dem Kind gemacht?"*, fragte meine Mutter und blickte streng auf den Tisch mit den vielen Weingläsern, *„kann man denn gar nichts Gescheites von euch erwarten?"*

Das war ein schlimmes Erlebnis, das mich noch viele Tage verfolgte. Aber am Weihnachtstag, als das Christkind mir meine allererste Puppe Andrea vorbeibrachte, war der böse Nikolaus längst wieder vergessen.

Weihnachten 1962 in Edingen mit Mama, Papa und Puppe Andrea:

Als ich politisch unkorrekt „Neger" zu einem farbigen Menschen sagte

Meine Eltern arbeiteten beide in der Stadt und hatten nur am Wochenende und im Urlaub Zeit für mich. Meine ersten fünf Jahre verbrachte ich deshalb bei Oma und Opa in Neckarhausen. Wir wohnten in einem schönen Fachwerkhaus in der Hauptstraße. Über die Wohnung sagte meine Oma, sie sei ein *„armseliges Loch"*, denn es war nur eine kleine Küche und ein Schlafzimmer mit schrägen Wänden im zweiten Stock. Wir hatten kein Bad und die Toilette war ein Plumpsklo hinter dem Haus. Mir gefiel es gut: Im Schlafzimmer stand mein Gitterbettchen, an der Wand darüber hingen schwarze scherenschnittartige Märchenfiguren aus Plastik, die ich den Wundertüten entnahm, die Oma mir von ihren Einkäufen mitbrachte. Auf dem großen Bett von Oma und Opa lag tagsüber eine Decke, auf der ich saß und mit meinen Sachen spielte.

Eines Tages saß ich auf dem großen Bett und spielte mit meinen Legosteinen. Die Einer und Zweier gefielen mir am besten, weil sie so klein und niedlich waren. Und am liebsten mochte ich die roten. Oma schälte am Küchentisch Kartoffeln. Vom Bett aus konnte ich sie nicht sehen, aber hören. Sie sagte: *„Du darfst dir keinen Legostein in* *die Nase stecken"*. *„Warum?"*, fragte ich. Sie erzählte mir die Geschichte von einem Kind, das sich einen Legostein in die Nase gesteckt hatte und ins Krankenhaus musste, weil der Stein nicht mehr aus der Nase herauskam. Die Geschichte beeindruckte mich sehr. *„Und dann?"*, wollte ich wissen. *„Und dann musste die Nase abgeschnitten werden"*, sagte Oma.

Nie in meinem ganzen Leben wäre ich auch nur im Traum auf die Idee gekommen, mir einen Legostein in die Nase zu stecken. Aber nun hatte Oma meine Neugierde geweckt und ich wollte es ausprobieren. Ich suchte mir einen roten Einer und – schwups – steckte er in meinem rechten Nasenloch. Dann versuchte ich ihn mit dem Finger wieder herauszuholen, aber es ging nicht. Ich geriet in Panik und schrie verzweifelt nach Oma. Die kam auch gleich angerast und schimpfte fürchterlich: *„Hab ich dir nicht gerade eben gesagt …?"* Ich prustete so fest mit meiner Nase, als würde ich mich in ein Taschentuch schnäuzen und der Einer flog in hohem Bogen wieder aus der Nase heraus. Puuuh, das war noch einmal gutgegangen und die Nase musste gottlob nicht abgeschnitten werden.

Oma brachte mich noch auf viele andere Ideen. Ganz in der Nähe wohnte ein Bub, der zwei Jahre älter war als ich und Uwe hieß. Uwe durfte ab und zu zum Spielen zu mir kommen, er setzte sich neben mich aufs große Ehebett und wir wühlten gemeinsam in meiner Spielschachtel. Eines Tages sagte Oma: *„Der Uwe kommt heute zum Spielen. Aber du musst sehr aufpassen, denn er ist gestern hingefallen und hat ein Pflaster auf dem Knie."* Dieses Knie, schärfte Oma mir ein, dürfe ich auf keinen Fall berühren. Ich dürfe es nicht anfassen, denn das täte Uwe weh.

Uwe kam, wir setzten uns aufs große Bett und sortierten farbige Bauklötze. Ich sah das Pflaster sofort, denn Uwe hatte kurze Hosen an. Wir sortierten und bauten, aber ich war nicht ganz bei der Sache, weil ich immer auf das Knie äugen musste. Es war ein großes Pflaster und ich überlegte, ob es Uwe wirklich weh täte, wenn ich das Knie berührte. Er machte eigentlich einen ganz munteren Eindruck und sah gar nicht krank aus. Also probierte ich es einfach aus und tippte mit meinem Zeigefinger energisch auf Uwes Knie. Uwe heulte laut auf und begann zu weinen. Meine Oma riss ihn von mir weg, tröstete ihn und schickte ihn dann nach Hause. Nie mehr, schimpfte Oma, dürfe der Uwe mit mir spielen, weil ich so böse zu ihm gewesen war.

Aber auf die tollste Idee brachte mich mein Opa. Opa sah ich seltener als Oma. Wenn er morgens ganz früh aufstand, um viele Kilometer zu Fuß nach Mannheim zum Arbeiten zu laufen, schlief ich noch. Wenn er spätabends müde zurückkehrte, schlief ich schon. Manchmal hörte ich ihn nachts laut schnarchen. Opa musste auch am Samstag arbeiten. Am Samstag kam er aber schon am Nachmittag nach Hause, wusch sich in der Küche am Spülstein, zog ein frisches Hemd an und legte sich mit einem Wildwestheftchen aufs große Bett. Sein Samstagsvergnügen waren zwei Flaschen Bier, ein Lutscher mit Coca-Cola-Geschmack und ein Wildwestheftchen. Er las, trank ab und zu einen Schluck Bier und der Stiel des Lutschers schaute lang aus seinem Mund heraus. Ich saß neben ihm, spielte und schaute ihm zu. Am Samstagnach-mittag hatte ich meinen Opa ganz für mich alleine.

Aber am Sonntag und wenn er Urlaub hatte, trieb es ihn hinaus. Er war ein unruhiger Mensch, der immer etwas schaffen musste und nicht fau-lenzen konnte. Er nahm mich überall hin mit. Ich saß in seiner Schubkarre. Eines unserer Ziele war der Neckar, wo er Treibholz sammelte, das er hin-term Haus spaltete und ordentlich aufschichtete. Ein anderes Ziel war die Mülldeponie, eine große Grube, wo Abfall und Sperrmüll hineingeworfen wurde, *„Kiesloch"* genannt. Neben dem Kiesloch renovierte ein Mann sein Haus und Opa half ihm dabei, wann immer er Zeit hatte. Eines Tages zog dort eine Familie ein. Ein Vater, eine Mutter und zwei Mädchen und alle vier waren ganz schwarz. Opa nahm mich zur Seite und sprach eindringlich mit mir. Das seien Neger, erklärte er mir, aber ich dürfe zu dem großen, schwarzen Mann niemals Neger sagen, sonst werde der Mann sehr böse. Das Wort Neger hatte ich noch nie in meinem Leben gehört, aber ich merkte es mir gut.

Mein Opa und der große Neger verstanden sich ausgezeichnet und sie unterhielten sich oft miteinander. Opa kannte nämlich aus dem Krieg viele amerikanische Wörter, zum Beispiel konnte er „Ok" sagen und „Hello". Ich staunte darüber und bewunderte ihn sehr. Der Neger hatte weiße, blitzende Augen und eines Tages stellte ich mich direkt vor ihm auf, blickte zu seinem Gesicht hinauf und sagte laut und vernehmlich: „Neger". Ich wusste, dass Opa ganz in der Nähe war und mich beschützen würde, sollte der Neger böse werden und wütend auf mich losgehen. Aber es war alles ganz anders. Nicht der Neger wurde böse, sondern Opa. Er kam auch gleich zornig angerannt und schlug mir mit der flachen Hand auf den Hinterkopf. Der Neger stand dabei und seine vielen blitzenden, weißen Zähne lachten fröhlich aus seinem schwarzen Negergesicht heraus.

Opa und ich kochen Neckarkrebs und wühlen im Müll

Auch wenn mein Opa Urlaub hatte und nicht zur Arbeit musste, hatte er doch immer viel zu tun. Morgens schnappte er sich seinen Schubkarren, setzte mich hinein und wir waren den ganzen Tag unterwegs. Während meine Mutter in Mannheim in ihrem Büro arbeitete, vermutete sie mich im Kindergarten in Neckarhausen. Stattdessen saß ich in Opas Schubkarren, ließ mich herumfahren und mir endlose Geschichten vom Kasperkönig erzählen, die Opa sich selbst ausgedacht hatte. Ich ging nicht gerne in den Kindergarten. Meine Oma erlaubte mir, zu Hause zu bleiben, nur durfte ich es Mama nicht erzählen. Wir fuhren zum Neckar, wo Opa Holz für den Küchenofen sammelte und in den Schubkarren legte. Wir kraxelten auf den großen Steinen herum, die bis zur Flussmitte reichten. Opa hielt mich gut fest, damit ich nicht ins Wasser stürzte und zeigte mir einen Flusskrebs. Er erzählte, dass er im Krieg Hunde und Krebse gegessen hatte. Wir taten den Neckarkrebs in eine kleine Dose und fuhren ihn mit dem Schubkarren nach Hause. Dort zeigte mir Opa, wie man Krebse kochte, indem man sie in heißes Wasser warf. Der Neckarkrebs verfärbte sich ganz rosarot. Ich wollte ihn aber nicht essen, sondern lieber Grießbrei, den

Oma mir gerne kochte und mit geriebener Schokolade verfeinerte.

Als Soldat im Krieg hat Opa (Mitte) oft gefroren und Hunde und Krebse gegessen:

Ganz oft fuhren wir mit dem Schubkarren auch in die andere Richtung, wo mitten im Feld das Kiesloch lag, eine Mülldeponie, wo altes Zeug abgeladen wurde, das die Leute nicht mehr haben wollten. Mein Opa hatte das Schusterhandwerk gelernt und konnte aus kaputten Schuhen wunderbare neue Schuhe machen. In seiner Holzkiste in der kleinen Küche gab es Schustermesser, Hämmer, Zangen, Lederscheren und Leisten. Opa erzählte, dass er als Soldat im Krieg sehr gefroren hätte und dankbar für feste Schuhe und warme Pullover gewesen wäre. Aber hier, in Neckarhausen, würden die Leute ihre guten Sachen einfach ins Kiesloch werfen. Opa stellte seinen Schubkarren an den Rand der Abfallgrube, nahm mich auf seinen Arm und stieg vorsichtig mit mir hinunter. Dort setzte er mich mitten im Müll auf den Boden und wir begannen mit unserer Suche. Ich fand Puppen ohne Köpfe und ohne Arme und Beine und Bälle ohne Luft. Opa fand Holzteile, kaputte Schuhe, Hosen mit Löchern und fleckige, schmutzige Hemden. Wenn man diese Hose nähe, könne man sie noch gut gebrauchen, meinte Opa. Denn nähen konnte er auch. Und wenn man jenen Pullover wasche, wäre er wieder wie neu. Opa war ein leidenschaftlicher Sammler. Wir brachten von unseren Kiesloch-Touren wahre Schätze mit nach Hause. Oma schlug die Hände über dem Kopf zusammen und passte uns schon an der Wohnungstür ab. *„Das Kind hat schon genug Spielsachen"*, sagte sie und wir mussten jedes einzelne Teil vorzeigen und Oma entschied, ob wir damit in die Wohnung hineindurften. Opa setzte sich auf seine Holztruhe und schusterte für meine Oma aus beschädigten Resten und brüchigen Teilen ein Paar Schuhe zusammen, mit dem sie in der kleinen Küche auf und ab trippelte und sich beschwerte: *„Das drückt"*. Opa erklärte mir, das behaupte Oma nur, um ihn zu ärgern und arbeitete unverdrossen weiter. Er hatte einen blauen Kinderpullover mit

Brandlöchern gefunden. Opa wusch ihn sorgfältig, weil er stank, und flickte die Löcher an Brust und Ärmeln. Dann zog er ihn mir an und betrachtete mich zufrieden. *„Na siehst du"*, meinte er, *„der ist doch noch gut"*. Das fand Mama nicht. Mama ging nach der Arbeit gerne in der Stadt einkaufen und suchte nach Kleidern und Schuhen für sich und mich. Sie wählte sorgfältig und mit viel Geschmack Sachen aus, die sie *„adrett"* nannte und gab ihr sauer verdientes Geld gerne dafür aus. Als sie mich in dem blauen Kiesloch-Pullover sah, schrie sie entsetzt auf und riss mir den Pullover vom Körper. *„Meinem Kind"*, sagte sie wütend zu ihrem Vater, *„ziehst du keine Müll-Klamotten an!"* Sie verbot es ihm streng und *„ein für alle Mal"*. Ich konnte Opa ansehen, dass er sehr enttäuscht und traurig darüber war.

Statt in den Kindergarten, für den Mama Geld bezahlen musste, fuhren wir weiter heimlich mit dem Schubkarren zum Neckar und ins Kiesloch. Ich saß im Karren, Opa schob und erzählte wilde Geschichten vom Kasperkönig. Wir schauten nach Treibholz, nach Krebsen und Fischen. Im Kiesloch spielte ich mit den Negerkindern im Müll und Opa stellte mir eine bunt gemischte Garderobe zusammen. Es ging mir gut.

Nur am Wochenende, kurz bevor Mama und Papa mich abholten und mit nach Edingen in ihre Wohnung nahmen, wurde ich gründlich gewaschen und in ein adrettes Kleidchen gesteckt. Beim Abschied gab Opa mir einen Kuss und flüsterte: *„Bis Sonntagabend. Und nichts der Mama verraten!"*

Mama und ich in „adretten" Sommerkleidern:

Vierzig Grad Lampenfieber in Betlehems Stall

Als ich 6 Jahre alt war, siedelte ich von Neckarhausen nach Edingen über. Meine Mutter musste nicht mehr arbeiten gehen; ich hatte einen kleinen Bruder bekommen und sie blieb daheim und passte auf ihn auf. Ich ging immer noch nicht gerne in den Kindergarten, aber im Gegensatz zu Oma musste ich bei Mama trotzdem hin. Unsere Edinger Kindergärtnerin war eine Nonne vom Orden der Niederbronner Schwestern und hieß Schwester Maria Lena. Ich mochte sie gerne, sie war eine kleine, lustige und herzliche Frau. Meist ließ sie mich in Frieden. Ich hatte viel Freiheit und durfte mich beschäftigen, wie ich es mochte. Ich mochte es zum Beispiel nicht, mit den anderen Kindern im Kreis zu sitzen und zu singen. Im Kindergarten-Hof neben der Bruder-Klaus-Kirche grobe Völkerball-Spiele zu spielen, war auch nicht nach meinem Geschmack. Ich war ein schüchternes Kind und mochte es am liebsten, alleine an einem Tisch zu sitzen und mit Kunststoff-Steckblumen phantastische Gebilde zusammenzustecken. Es gab gemeinsame Frühstückszeiten, gemeinsame Ruhezeiten, gemeinsame Spiel- und Singzeiten, aber ansonsten hatte ich meine Ruhe und konnte meinen Gedanken nachhängen. Wer gerne mitten im tobenden Leben und im wilden Tumult war, war hier ebenfalls am richtigen Ort und fand Gleichgesinnte. Eigentlich war es eine nicht allzu unangenehme Zeit – bis in meinem letzten Kindergartenjahr etwas völlig Überraschendes geschah ...

Ich hatte gerade aus der Steckblumen-Kiste sämtliche roten Blumen hervorgekramt und sie ordentlich auf dem Spieltisch ausgelegt. Heute wollte ich ein ganz und gar rotes Gebilde in riesigen Ausmaßen schaffen, als Schwester Maria Lena sich einen Stuhl an den Tisch heranzog und sich setzte.

„Und du wirst der Erzengel Gabriel sein", sagte sie zu mir.

Ich erschrak furchtbar und dachte zuerst an ein Versehen, an einen kleinen Scherz ... Aber es war ihr heiliger Ernst. Eine Weihnachtsfeier sollte stattfinden, Eltern und Gemeindemitglieder würden eingeladen werden, die Weihnachtsgeschichte würde zur Aufführung kommen. Maria und Josef seien schon ausgewählt, die Hirten- und Engelrollen verteilt und nun fehle noch der wichtigste Engel, der Erzengel Gabriel, der in zwei rauschenden Auftritten frohe Botschaften zu verkündigen habe. Ich sei, sagte Schwester Maria Lena, die Richtige für diese Rolle, weil ich das am längsten aufgeschossene Mädchen im ganzen katholischen Kindergarten sei und der Erzengel Gabriel ein großer und bedeutender Engel. Zwei oder drei Sätze nur hätte ich auswendig zu lernen und ab sofort würden wir die Sätze jeden Tag üben. Sie würde mir vorsprechen, ich würde nachsprechen und bis zur Kindergartenaufführung im Advent würde der Text gut sitzen. Ich war nicht überzeugt und wollte diese Ehrenrolle nicht haben. Es wurde mir ein langes, weißes Gewand versprochen, aus der Kleiderkammer der Ministranten entliehen, goldene Engelsflügel aus Pappe sollte ich erhalten und weil ich einen kurzen Bubikopf trug, würde eine blondlockige Perücke mich engelsgleicher machen. Aber so sehr Schwester Maria Lena sich auch bemühte, mir die Sache schmackhaft zu machen, mein Herz wurde schwer.

Die freundliche Kindergärtnerin Schwester Maria Lena (links):

Wir fingen auch gleich mit dem Üben an, vorerst noch ohne rauschendes weißes Gewand. Ich musste mit meinem grauen Strickkleidchen und den blauen Strumpfhosen vor Rita hintreten, die eine begeisterte Jungfrau Maria spielte, und sagen:

„Sei gegrüßt, oh, du Begnadete, der Herr ist mit dir. Einen Sohn wirst du gebären und den sollst du Jesus nennen."

Es war mir sehr peinlich, zu Rita *„Oh, du Begnadete"* zu sagen und ich wusste gar nicht, was *„gebären"* bedeuten sollte, aber Rita war zufrieden und strahlte, nachdem sie sich zuerst über den großen Erzengel tüchtig zu erschrecken hatte, übers ganze Gesicht.

„Mach den Mund richtig auf", sagte Schwester Maria Lena zu mir. *„Sprich laut und deutlich. Bei der Aufführung müssen dich alle gut hören können."*

Nach ein paar qualvollen Kindergartentagen saß dieser Auftritt einigermaßen und wir gingen zur zweiten Erzengel-Szene über: Drei kleine Buben lagerten als Hirten auf dem Feld, aber in Wirklichkeit auf dem Fußboden des Spielzimmers. Ich musste, immer noch ohne langes, weißes Gewand, vor sie hinrauschen, sie mussten sich furchtbar erschrecken und die Hände vor den Mund schlagen, um in ihrem Entsetzen nicht laut aufzuschreien. Das machten sie ganz wunderbar, meinte Schwester Maria Lena. Ich fand, sie machten es übertrieben hysterisch und war neidisch, weil sie keine Sätze sagen, sondern nur vor Schreck nach hinten auf den Rücken fallen mussten. Zu ihnen musste ich laut sagen:

„Fürchtet euch nicht, denn ich verkündige euch eine große Freude: Der Heiland ist geboren. Ihr werdet ein Kindlein finden, das in Windeln eingewickelt in einer Krippe liegt."

Insgesamt waren das schon mehr als die angekündigten drei Sätze. Ich hatte genau mitgezählt. Außerdem veränderte sich Anzahl, Länge und Inhalt der Sätze mit jedem Tag. Schwester Maria Lena war mit Herzblut bei der Sache und feilte in ihrer Freizeit an den Sätzen herum, veränderte sie, strich und ergänzte ... und als ich endlich *„Der Heiland ist geboren"* sagen konnte, musste ich am nächsten Tag in *„Heute ist euch der Heiland geboren"* umlernen.

Endlich war Schwester Maria Lena mit ihrem Text zufrieden. Plötzlich aber nicht mehr mit der Besetzung. Übers Wochenende, erzählte sie mir an einem Montag, hätte sie sich überlegt, dass ich besser die Jungfrau Maria spielen sollte, neben dem Jesukindlein die eigentliche Hauptrolle in der

Weihnachtsgeschichte. Ich sei ja das größte Mädchen im ganzen katholischen Kindergarten und mache deshalb für diese Rolle am meisten her. Die heulende Rita wurde zum Erzengel Gabriel degradiert, weil sie diesen Text ja schon mit mir mitgelernt hatte und auswendig hersagen konnte.

Ein neues Problem tauchte auf: Ich war ja nicht nur das größte Mädchen im ganzen Kindergarten, sondern das größte Kind überhaupt. Es gab also keinen Josef, der an meine Seite gepasst hätte. Schwester Maria Lena fand auch hierfür eine Lösung: Sie suchte unter den Ministranten einen großen Buben heraus, einen Zweitklässler, der nun jeden zweiten Nachmittag, peinlich berührt, in den Kindergarten kommen und mit mir üben musste. Wir mussten uns an den Händen halten und singen. Das war noch tausendmal peinlicher, als zu Rita *„Oh, du Begnadete"* zu sagen. Dem Zweitklässler-Josef war es genauso unangenehm wie mir, er ärgerte und genierte sich und ließ seine Wut an mir aus. Wenn wir uns an den Händen hielten und im Wechselgesang mit den Herbergsleuten laut und deutlich von uns zu geben hatten:

„Wer klopfet an?"
„Oh, zwei gar arme-he Leut."
„Was wollt ihr denn?"
Wir wollen Herbe-herg heut."

... stach er mir dabei vor Nervosität mit seinem Fingernagel so heftig in die Kuppe meines rechten Zeigefingers, dass der nach ein paar Tagen ganz wund war und sich eine Aufsehen erregende, entzündete Blase bildete. Die Hausärztin, Frau Dr. L, hielt eine Nadel über eine Kerzenflamme und stach die Blase damit auf. Das tat weh und es floss Blut und Eiter heraus. Mir wurde ganz schwach und flau und ich musste mich auf ihre Sprechzimmercouch legen, um nicht umzufallen. *Was ist denn das für ein Flegel?*", fragte sie und meine Mutter besuchte Josefs Mutter und beschwerte sich. Von da an hörte der große Zweitklässler mit der Fingernagel-Bohrerei auf und schaute mich nur noch böse an.

Der große Tag kam heran und ich sah ihm mit noch größeren Ängsten entgegen. Der Text saß, fleißige Mütterhände hatten Kostümchen genäht. Ich bekam ein altrosafarbenes Kleid mit weißem Krägelchen samt Schürze und Kopfhaube. Es war mir gar nicht besonders wohl. Die Szene, in welcher der Erzengel Gabriel *Sei gegrüßt, oh, du Begnadete*" zu mir sagte, als ich gerade in der Kammer kniend meine Gebete verrichtete, ging noch ganz gut über die Bühne. Ich hatte mich nur tüchtig vor dem Rita-Engel zu fürchten, tat dies aber dezenter als die blöden Buben-Hirten und ohne nach hinten auf den Rücken zu fallen.

Dann kam es zur Herbergssuche und zum Wechselgesang. Josef klopfte an eine Tür und von drinnen wurde mit piepsiger Aufregungsstimme herausgesungen: *„Wer klopfet an?"* Und als wir darauf im Duo *„Oh, zwei gar arme-he Leut"* zu antworten hatten, stockte ich und hatte den Satz ganz und gar vergessen. Josef sang alleine und war verunsichert. Ich hörte Schwester Maria Lena, die als Souffleuse irgendwo verborgen im Dunkeln saß, murmeln. Aus dem Zuschauerraum rief plötzlich eine Frau: *„Des Kind hot jo hohes Fiewer!"* Menschen stürzten sich auf mich und Hände legten sich auf meine Stirn und auf mein hochrotes Gesicht. In heller Aufregung wurde die Theateraufführung unterbrochen. Ich wurde auf einen Stuhl gesetzt, während eine stolze Rita schnell wieder zur Jungfrau Maria umfunktioniert wurde und die Sache mit der Krippe und dem Jesukindlein bravourös zu Ende brachte.

Ich saß vor Schüttelfrost klappernd im Zuschauerraum und schaute dem Ausgang der Weihnachtsgeschichte zufrieden und erleichtert zu. Zum Schluss konnte ich *„Da liegt es, das Kindlein, auf Heu und auf Stroh, Maria und Josef betrachten es froh"* schon wieder ganz guter Dinge mitsingen.

Das Lampenfieber war besiegt.

Als ich bei der Predigt an Gabis Blinddarm dachte und wie ein Sack umfiel

Frau Dr. L, die Hausärztin, beruhigte meine Mutter: *„Kinder, die so schnell in die Höhe schießen, haben oft einen labilen Kreislauf."* Das sei nicht weiter schlimm und es würde sich mit der Zeit wieder geben. Grund für die Besorgnis war ein Ohnmachtsanfall, der mich im Alter von 7 Jahren ganz überraschend ereilt hatte. Und das kam so: Ich saß in der Küche auf der Eckbank und malte gerade ein schönes, buntes Bild zum 1. Geburtstag meines Bruders. Meine Mutter bügelte Herrenoberhemden und erzählte mir dabei vom Elternabend in der Pestalozzi-Schule, der am Abend zuvor stattgefunden hatte. Herr S, der Klassenlehrer, hatte mit den Eltern den geplanten Schulausflug im Frühjahr besprochen und die Mitnahme von Spazier- und Wanderstöcken strengstens untersagt. Warum das? Meine Mutter rückte mit der schrecklichen Geschichte nur ungern heraus, da sie ihr selbst heftig auf der Seele brannte: Bei einem Schulausflug vor einem Jahr war etwas ganz Schlimmes passiert. Ein Kind hatte einem anderen beim Toben mit dem Spazierstock ein Auge ausgestochen.

Das war starker Tobak für meine Kinderseele und meine Mutter hatte ebenfalls schwer an der grauseligen Vorstellung zu knabbern. Sie bügelte schweigend weiter, ich malte schweigend weiter; beide waren wir in unsere Gedanken versunken. Während sie die glückliche Gabe besaß, schlimme Fantasien nach einer gewissen Zeit wieder fortzu- wischen, indem sie sich einfach zwang, an etwas anderes zu denken, besaß ich diese Gabe noch nicht. Ich dachte und dachte und dachte ... an das Auge. Ich malte es mir aus. Fantasie ist etwas Schönes, wenn man sie nicht gegen sich selbst verwendet. Aber genau das tat ich: Ich stellte mir Blut vor, ein ausgelaufenes Auge, die leere Augen- höhle, gellende Schmerzensschreie ... Ich konnte nicht mehr aufhören, daran zu denken. Beim Den- ken und Malen merkte ich gleich, dass mir die deutlichen Bilder, die mein Gehirn produzierten, nicht gut taten. Ich malte hartnäckig weiter, aber die Farben verschwammen mir vor den Augen, wurden erst bräunlich, dann grau und nebelig.

Unter dem Küchentisch kam ich wieder zu mir.

Meine Mutter hatte sich furchtbar erschreckt. Beim Fallen hatte ich mir das Kinn blau angestoßen und den kleinen Finger verstaucht. Blass wie wei- ßer Käse lag ich auf dem Sofa, als die Hausärztin eintraf. Sonst war alles in Ordnung und ich erholte mich schnell, vermied es nun aber sorgfältig, an das blutverschmierte, ausgelaufene Auge zu denken. Ich hatte gelernt, dass dieses Auge mir sehr schlecht bekam.

Als ich ein Bild für den 1. Geburtstag meines Bruders malte, wurde ich zum ersten Mal in meinem Leben ohnmächtig:

Die nächste Ohnmacht passierte ein Jahr später. In der Schule machte eine dramatische Kunde den Umlauf: Meine Schulfreundin Gabi war mit einer gefährlichen Blinddarmentzündung ins Krankenhaus eingeliefert worden. Es war die erste Operation, die mir überhaupt in meinem Leben zu Ohren kam und ich war entsprechend erschreckt und schockiert. Zwei Wochen später war Gabi der Star in der Klasse, nur beim Turnen durfte sie nicht mitmachen. *„Weil dabei"*, sagte sie, *„die Operationsnarbe wieder aufplatzen kann."* Dieser Satz fuhr mir sofort in den Magen, mir wurde schwach und ich musste mich hinsetzen und dachte geschwind an etwas anderes.

Am kommenden Sonntag saß ich wie jeden Sonntag in der Bruder-Klaus-Kirche ganz vorne in der Reihe der Mädchen. Während Pfarrer K oben predigte und predigte und gar nicht mehr damit aufhören wollte, war mir sooo langweilig zumute, dass ich begann, mir eigene Gedanken zu machen. Ob ich es wollte oder nicht: Meine Gedanken eilten sofort zu Gabis Blinddarm und klammerten sich daran fest. Gabi hatte allen, die es sehen wollten, ihre Blinddarmnarbe gezeigt und – igitt – ich hatte sie auch gesehen! Schreckliches hatte sie von der Operation berichtet: Als der Arzt sie betäubt hatte, hätte sie ihn kurz vor dem Einschlafen noch mit einem riesengroßen Messer auf sich zukommen sehen. Mir wurde ganz flau.

Als ich wieder zu mir kam, saß die Kindergartenschwester Maria Lena neben mir und hielt meine Hand. Sie war lieb zu mir und streichelte mich. Das war ein schönes Gefühl. Aber mir tat alles weh. Hinterher erzählte man mir, wie ich plötzlich nach vorne gesunken und mit dem Kopf auf die Kirchenbank aufgeschlagen war, wie die Mädchen neben mir schrill aufgeschrien hatten, wie ich mich wieder halb aufgerichtet und dann mit lautem Krachen erneut mit der Stirn auf das Holz gedonnert war. Dann war ich plötzlich verschwunden und bewusstlos zwischen Sitz und Kniebänkchen abgetaucht, von wo mich zwei herbeigeeilte Männer wieder hochgezerrt und auf die Bank gesetzt hatten. Zwei Mädchen neben mir schluchzten noch eine ganze Weile weiter. Ich war die Sensation des sonntäglichen Gottesdienstes.

Blass und zitternd ging ich nach dem Kirchbesuch nach Hause und ahnte, dass nun auch die Gedanken an Gabis Blinddarm ein für allemal für mich tabu sein mussten. Als meine Mutter mich sah, sagte sie unwirsch: *„Wie siehst du denn schon wieder aus? Du bist ja ganz weiß und verstrubbelt. Bestimmt willst du jetzt meinen Sauerbraten nicht essen."*

Warum Pfarrer K mir das Kommunionskränzchen vom Kopf riss

Die Erste Heilige Kommunion ist eine aufregende Sache. Zuerst die lange Vorbereitungszeit in Form des Kommunionunterrichts, das Auswendiglernen von Gebeten und Sprüchen, das Probe-Beichten, die Instruktionen und Anleitungen. Dann die Großeinkäufe ... alles soll wunderschön und perfekt sein für den Weißen Sonntag.

Was da alles angeschafft werden musste für diesen 21. April 1968: Das weiße Kommunionkleid, weiße Unterwäsche und unbedingt noch ein weißes Leibchen, sollte das Wetter am Weißen Sonntag allzu kühl ausfallen. Das weiße Haarreifchen, weiße Strumpfhosen, weiße Kniestrümpfe, weiße Lederschuhe. Ein zierliches weißes Beutelchen, worin ein Spitzentaschentuch und ein Rosenkranz in einem weißen Rosenkranztäschchen aufbewahrt werden. Eine Kommunionkerze inklusive weißem Kerzenröckchen und Tropfenfänger, ein Gebetbuch in weißer Gebetbuchhülle ...

Ich war 9 Jahre alt und hatte, wie meine Mutter es ausdrückte: Babyspeck. Wir fuhren zum Einkaufen in die Stadt und klapperten sämtliche Kaufhäuser ab. Mama war unzufrieden mit den Kommunionkleidern und vor allem mit meinem Aussehen in ihnen. Sie machte alle Verkäuferinnen auf meinen Babyspeck aufmerksam, was mich peinlich berührte. Im ersten Kaufhaus probierten wir mehrere weiße Kleider. Ich stand in der Umkleidekabine, meine Mutter rannte hin und her, um mit der Verkäuferin neue Kleider heranzuschaffen, der Vorhang der Kabine war offen, die Verkäuferin guckte beim An- und Ausziehen zu, gab Kommentare ab und meine Mutter zeigte der Verkäuferin mit ihrem Zeigefinger meinen Bauch und sagte: *„Nein, das Kleid passt nicht wegen dem Babyspeck."* Ein Kleid fiel sogar so eng aus, dass Mama meinte, nein, das ginge gar nicht, ich sähe ja darin aus wie ein eingeschnürter Schweinerollbraten. Im nächsten Kaufhaus ging es gerade so weiter: Die Verkäuferin wurde gleich über den Babyspeck informiert und wir probierten an. Dieses Mal fand meine Mutter, ich sähe aus wie eine unförmige Wurst. Dass wir überhaupt noch ein Kommunionkleid fanden, war ein unfassbares Wunder.

Pfarrer K hatte sich für den Festtagsgottesdienst in der Edinger Bruder-Klaus-Kirche eine komplizierte Choreographie ausgedacht, die wir Kommunionkinder wochenlang einüben mussten. Links vorne saßen in zwei Bankreihen die Mädchen, rechts vorne die Buben. Nun musste das erste Mädchen und der erste Junge in der Reihe aufstehen, in den Mittelgang treten, beide gesellten sich als Paar zusammen, es kamen das zweite

Mädchen und der zweite Junge dazu usw. und alle zusammen bewegten sich in feierlichem Gänsemarsch zum Altar hinauf, wo sich Mädchen und Junge kurz vor dem Altar wieder trennten und jeweils nach links und rechts weitergingen, bis sich ein Halbkreis vor dem Altar gebildet hatte. Das Ganze noch nach Körpergröße gereiht und fein geordnet. Pfarrer K selbst wollte dann feierlich von hinten heranschreiten, den Halbkreis genau in der Mitte durchbrechen und sich zum Altar begeben, um dort seine heiligen Handlungen zu vollführen.

Bei den Proben klappte es sehr gut. Wir gingen nach oben, der Pfarrer kam, ich stand genau in der Mitte, wo er den Kreis durchstoßen wollte, trat einen Schritt nach hinten eine Stufe hinunter, damit er Platz zum Durchkommen hatte. Ganz wunderbar klappte das sogar.

Erste Heilige Kommunion Edingen 1968:

Am Weißen Sonntag kam aber alles ganz anders. Da hatte Pfarrer K wohl nicht so genau überlegt: Wir hatten ja Kommunionkleider an, in der rechten Hand eine Kerze, ein Handtäschchen, ein Haarkränzchen … die Kommunionkinder waren aufgeregt und der Pfarrer genauso.

Die Prozession nach oben gelang perfekt. Wir standen um den Altar herum und hörten den Pfarrer raschelnd von hinten heranschreiten. Ich machte meinen eingeübten Schritt nach rückwärts eine Stufe hinunter, damit er durch den Halbkreis hindurchkäme …

Da rempelte mich Pfarrer K mit der vollen Wucht seines Körpers derb an. Ich geriet aus dem Gleichgewicht, klammerte mich an meine Kerze und versuchte, auszuweichen. Aber ach, er riss mir beim Zusammenstoß mein Kommunionkränzchen vom Kopf und es hing nun, nachdem die Haarklammern, mit denen meine Mutter es befestigt hatte, in alle Richtungen davongesprungen waren, wie eine dunkle Brille genau vor meinen Augen und wurde nur noch von den Ohren festgehalten.

Ich konnte nichts mehr sehen.

Zwar versuchte ich, meiner Nachbarin Brunhilde die Kerze in die Hand zu drücken, damit ich das Kränzchen wieder richten konnte, aber sie wollte die Kerze nicht nehmen, das gehörte für sie irgendwie nicht zu der einstudierten Choreographie dazu. Also hielt ich die Kerze in der rechten Hand und schob mit der linken den Haarschmuck immer wieder von den Augen zum Kopf hin, wo er aber nicht bleiben wollte. Während der gesamten feierlichen Handlungen am Altar kämpfte ich einen verzweifelten und aussichtslosen Kampf.

Den Weg hinunter vom Altar zu den Kirchenbänken musste ich blind zurücklegen. Meine Mutter stand auf, kam uns entgegen, hielt die Prozession an, kämmte mich in der Kirche vor allen Leuten und setzte das Kränzchen wieder auf seinen Platz.

Das war kein schöner Weißer Sonntag, das Ganze war mir sehr peinlich, ich weinte und hatte eine Riesenwut auf Pfarrer K. Schön war dann aber der Nachmittag, die Gäste, die Geschenke und die vielen Torten. Mama hatte 10 Kuchen gebacken und noch 5 dazugekauft. Dauernd klingelten Bekannte und es kamen Nachbarn aus der Albert-Schweitzer-Straße, brachten als Kommunionsgeschenk ein Buch oder eine Haartrockenhaube, Umschläge mit kleinen Geldbeträgen, Sammeltassen … und bekamen dafür eines der vorbereiteten großen Kuchenpakete. Und ich bekam beim Austragen von Kommunionsgeschenken in der Nachbarschaft zusätzlich zu unserem eigenen Kuchen noch viele fremde Kuchenpakete mit. So viele verschiedene Kuchen auf einem Haufen hatte ich noch nie gesehen, unsere Küche sah aus wie eine Konditorei. Mama sagte: *„Hör auf, so viel Kuchen zu essen, sonst passt dir das Kommunionkleid bald nicht mehr. Du siehst damit ja jetzt schon aus wie ein Schwartenmagen."*

Brunhilde beichtet, dass sie aufs Klo muss

Auch nach der Ersten Heiligen Kommunion mussten wir weiterhin regelmäßig zur Beichte gehen. Pfarrer K hatte *„alle 4 Wochen"* angeordnet. Die Termine dazu fand man im Kirchenblättl; sie änderten sich nie: *„Beicht zur vollen Stunde"* stand da – und es war immer am Samstagnachmittag. Meist zog ich so gegen 13.30 Uhr von zu Hause los. Ich ging nie alleine zum Beichten in die Bruder-Klaus-Kirche, sondern mit den beiden Nachbarsmädchen Brunhilde und Barbara. Wir setzten uns nebeneinander auf eine Bank vor dem Beichtstuhl und warteten auf Pfarrer K. Das Sakrament der Buße war ein genau einstudierter und fleißig auswendig gelernter Vorgang: Zuerst musste man ganz still dasitzen und sein Gewissen erforschen. Als Gedächtnisstütze half der *„Beichtspiegel"*, der ganz vorne im Gebetbuch steht. Im Kommunionsunterricht hatten wir ihn auswendig gelernt. Pfarrer K wollte, dass wir zu jedem einzelnen Punkt zuerst die Zahl und die Überschrift sagten und dann eine dazu passende Sünde. Also: 1. Leben mit Gott – 2. Heilige Namen und Dinge – 3. Sonn- und Feiertage – 4. Eltern und Vorgesetzte – 5. Nächstenliebe – 6. Schamhaftigkeit und Keuschheit – 7. Eigentum – 8. Wahrhaftigkeit und Ehre …

Zu „*6. Schamhaftigkeit und Keuschheit*" sagte Pfarrer K, sollten wir nur die Zahl und die Überschrift sagen, dann eine kleine Pause machen und anschließend gleich zu „*7. Eigentum*" übergehen, denn zu „*Schamhaftigkeit und Keuschheit*" hätten wir noch nichts zu beichten. Genau so machten wir das und eigentlich beichteten wir immer das Gleiche oder ganz Ähnliches. Man konnte sein Gewissen noch so sorgfältig erforschen, es blieb doch meist bei: „*Ich habe heilige Namen und Dinge ehrfurchtslos ausgesprochen.*" – „*Ich hatte keine Lust, sonntags zur Heiligen Messe zu gehen.*" – „*Ich war frech und patzig zu meiner Oma.*" – „*Ich habe meine Hausaufgaben schnell und widerwillig hingeschmiert.*" – „*Ich habe mit Brunhilde im Hof Klicker gespielt, verloren, aber behauptet, ich hätte gewonnen, ihr den Klicker geklaut und mich damit schnell davongemacht.*"

An Letzteres erinnerte mich Brunhilde beim Warten vor dem Beichtstuhl: „*Du musst auch das mit dem Klicker beichten*", flüsterte sie schadenfroh. Denn natürlich tauschten wir uns gegenseitig aus. Wir überlegten gemeinsam, ob Horoskope lesen zu „*Aberglaube*" gehörte und ob das eine schwere oder eine lässliche Sünde sei. Und hatte man „*andere zur Sünde verführt*", wenn man ihnen ihr Horoskop vorgelesen hatte? Wir konnten uns nicht recht einigen. Brunhilde wollte beichten, dass sie nicht andächtig genug gebetet hatte und Barbara war streitsüchtig mit ihrer Schwester gewesen. Oh, gute Idee – das wollte ich auch nehmen. Da ich keine Schwester hatte, war ich eben streitsüchtig mit meinem Bruder gewesen. Außerdem hatte ich ein Stück Obstkuchen mit Sahne unmäßig und gierig hinuntergeschlungen.

Erst wenn das Gewissen sorgfältig erforscht war, man sich gesammelt hatte, echte Reue empfand und ein kleines Gebet gesprochen war, durfte man mit einem *„Gelobt sei Jesus Christus"* zu Pfarrer K in den Beichtstuhl eintreten. Der Pfarrer antwortete: *„In Ewigkeit, amen"*. Man kniete sich hin und begann mit: *„In Demut und Reue bekenne ich meine Sünden. Meine letzte Beichte war vor 4 Wochen."* Und dann ging's los mit den Sünden: *„1. Leben mit Gott – 2. Heilige Namen und Dinge ..."*

In der Kirche war es an Samstagnachmittagen ganz still. Die anderen, die vor dem Beichtstuhl warteten, konnten gut mithören, was drinnen gebeichtet wurde. Auf diese Weise bekam man noch die eine oder andere Anregung mit dazu. Ich hörte zum Beispiel ein Kind beichten, dass es ein anderes von der Predigt abgehalten hatte, indem es erzählte, was gestern als Abendessen auf dem Tisch stand. Diese Idee fand ich so gut, dass ich sie gleich aufgriff und in meinem Sündenkatalog mit aufnahm. Damit es nicht wie geklaut aussah und Pfarrer K sich nicht immer das gleiche anhören musste, wandelte ich die Geschichte leicht ab: Ich hätte am Sonntag die Barbara neben mir in der Kirchenbank beim Beten gestört, in dem ich gefragt hatte, ob sie lieber Erdbeer- oder Schokoladen-Eis äße. „Und?", fragte Pfarrer K, „was mag sie denn nun lieber?" Da kniete ich dann ganz schön dumm da, denn ich wusste es ja nicht.

Leider war es so, dass Pfarrer K oft gar nicht „zur vollen Stunde" kam, wie es im Kirchenblättl stand, sondern erst zur nächsten oder übernächsten vollen Stunde. An einem Samstagnachmittag war es ganz besonders schlimm. Pfarrer K kam und kam nicht. Nicht zur nächsten und auch nicht zur übernächsten vollen Stunde. Ob er wohl zu einer „Letzten Ölung" gerufen worden war? Oder hatte er nur keine Lust darauf, sich unsere Kinderbeichten anzuhören? Sonst war niemand da, der beichten wollte. Wir zappelten auf der Kirchenbank herum, hatten uns schon erzählt, welche Bücher wir gerade lasen, welchen Buben in der Klasse wir am süßesten fanden und was wir jetzt im Moment am liebsten essen würden.

Plötzlich musste Brunhilde dringend aufs Klo.

In der Kirche gab es kein Klo und der Kindergarten neben der Kirche war am Samstag zu. Wir warteten, zappelten weiter und litten mit Brunhilde mit. Nach einer weiteren halben Stunde sagte Brunhilde, dass sie es nun nicht länger aushalten könne und schnell nach Hause aufs Klo gehen müsse. Sie klappte endgültig ihr Gebetbuch zu – da erschien Pfarrer K.

Wir ließen Brunhilde als erstes zu ihm in den Beichtstuhl hinein; sie war ja schon ganz blass. Von draußen hörten wir sie sagen: *„Gelobt sei Jesus Christus – Herr Pfarrer ich muss aufs Klo"*.

Die Geschichte ist gut ausgegangen: Brunhilde wurde ins Pfarrhaus zur Mutter von Pfarrer K geschickt, durfte dort endlich aufs Klo und konnte danach noch einmal in aller Ruhe ihre Sünden beichten. Manchmal war der Pfarrer K ein ganz netter.

Als Brunhilde, Barbara und ich das ewige Licht auspusteten

Es war ein Samstagnachmittag. Barbara, Brunhilde und ich saßen wie alle 4 Wochen in der Bruder-Klaus-Kirche direkt vor dem Beichtstuhl und warteten auf Pfarrer K, der, wie dem Kirchenblättl zu entnehmen war, immer *„zur vollen Stunde"* die Beichte abnehmen wollte. Wir waren pünktlich zur Stelle, nach 10 Minuten hatten wir unser Gewissen sorgfältig erforscht und waren genau darüber informiert, was die beiden anderen beichten wollten. Dann warteten wir und wussten nicht so recht, was wir tun sollten. Die erste volle Stunde verging. Die zweite volle Stunde verging. Noch immer keine Spur von Pfarrer K. Wir erzählten, lachten und kicherten und ärgerten uns, denn hinterher musste man beichten: *„Ich habe in der Kirche erzählt, gelacht und gekichert."* Dabei konnten wir doch überhaupt nichts dazu und hatten es auch nicht vorsätzlich getan.

Aber an diesem Beicht-Samstag sollte es erst gar nicht erst zum Beichten kommen. Und es sollte auch nicht zu einem *„Ich-spreche-dich-los-von-deinen-Sünden-im-Namen-des-Vaters-und-des-Sohnes-und-des-Heiligen-Geistes-amen-gehe-hin-in-Frieden"* kommen. Stattdessen geschah etwas Unvorhergesehenes, etwas Entsetzliches, was alle unsere Pläne über den Haufen warf und uns den ganzen Samstag gründlich verdarb.

Während wir zu dritt vor dem Beichtstuhl auf Herrn Pfarrer K warteten, begannen wir uns allmählich zu langweilen. Wir langweilten uns so furchtbar, dass es vor lauter Langeweile fast nicht auszuhalten war. Ich stand ein bisschen auf, um mir die Beine zu vertreten und spazierte in der Kirche umher. Ich schaute mir die ausgelegten Heftchen und Broschüren an, betrachtete Bilder und Kircheninventar. Inzwischen hatten sich die beiden anderen zu mir gesellt und wir wanderten zu dritt durch den Kirchenraum. Es war richtig unheimlich so alleine im stillen Halbdunkel; das Herz klopfte uns bis zum Hals.

Endlich blieben wir links unterhalb der Stufen zum Altar stehen. Hier befand sich der Tabernakel. Der Tabernakel! Vom Kommunionsunterricht wussten wir, dass man vor dem Tabernakel eine Kniebeuge machen musste, weil das etwas ganz Heiliges ist und weil in dem kleinen Schrank die geweihten Hostien aufbewahrt werden. Wir machten also eine Kniebeuge und standen völlig ergriffen da. Direkt beim Tabernakel war auch das Ewige Licht. Im Religionsunterricht hatten wir gelernt, dass das rote Lämpchen immer brennt und niemals ausgeht. Das rote Glas um das Licht herum sollte uns an das Blut Christi erinnern und das Ewige Licht selbst sollte uns sagen, dass sich Gott immer hier im Raum befindet. Es war gespenstisch und faszinierend zugleich, dass dieses Licht ewig war und immer brannte. Denn vom Weihnachtsbaum zu Hause wussten wir ja, dass die Kerzen auch einmal zu Ende waren und dann das Licht ausging. Aber das Ewige Licht in der Kirche, so hatte es Pfarrer K gesagt, brannte immer und ewig, genau deswegen hieß es auch so, und das war das absolut Geheimnisvolle und Unglaubliche daran.

Ehrfürchtig hingen wir mit unseren drei Köpfen nur wenige Zentimeter über dem Ewigen Licht und staunten es respektvoll an. Von dieser Nähe aus hatten wir es vorher noch nie betrachten dürfen. Wir spürten seine Wärme und in unseren Herzen breitete sich eine andächtige Stimmung aus ...

Bis ich plötzlich die Situation, wie wir da mit roten Gesichtern fromm über dem Kerzenlicht hingen, urkomisch fand – und vor Lachen explosionsartig herausprustete. Brunhilde und Barbara zogen ihre Köpfe erschrocken zurück. Eine von ihnen schrie sogar entsetzt auf. Ich hatte das ewige Licht ausgepustet!

Dann ging alles sehr schnell. Meine beiden Freundinnen nahmen die Beine unter die Arme und rannten panikartig los. Den Weg von der Kirche nach Hause, für den wir sonst eine Viertelstunde brauchten, legten sie in rasantem Sprint und in rekordverdächtigen fünf Minuten zurück. Ich stand alleine da und überlegte, ob ich weiter auf Pfarrer K warten und ihm im Beichtstuhl vom ausgeblasenen Licht berichten sollte. Aber irgendwie wurde mir unheimlich und beklommen zumute und die Sache mit dem Ewigen Licht erschien mir immer ungeheuerlicher, also verließ ich ebenfalls eilig die Kirche. Draußen vor der Tür traf ich auf den Messner Gottfried, von uns „Gottl" genannt, der gerade in die Kirche hineinwollte. Im Vorbeirennen teilte ich ihm mit japsender Stimme mit: „Das Ewige Licht ist aus". Dann machte ich mich schnell aus dem Staub und verbrachte einen schweigsamen Samstagabend zu Hause.

Wie die Geschichte weitergangen ist, weiß ich nicht. Am nächsten Morgen bei der Sonntagsmesse brannte das Ewige Licht wie immer und tat so, als sei es niemals aus gewesen. Brunhilde, Barbara und ich sahen es mit Erstaunen und großer Erleichterung.

Aber immer, wenn danach noch irgendwann einmal vom „Ewigen Licht" die Rede war, schauten wir uns mit bedeutungsvollen Mienen an. Wir wussten nun ja Bescheid; uns brauchte man mit solchen Märchen gar nicht mehr zu kommen.

Wieso ich Pfarrer K duzen musste

Pfarrer K war ein abwechslungsreicher Pfarrer und kaum, dass er bei uns war, begann er auch schon, diese und jene Neuerung einzuführen. Eine Neuerung war, dass er den Leuten nach dem Sonntagsgottesdienst von seiner Kanzel herunter erzählte, was für die kommende Woche alles auf dem Programm stand. Er sagte zum Beispiel, dass die Männer sich an diesem und jenem Tag zu einer Versammlung zusammentäten oder dass die Frauen dann und dann einen Basar mit eigenen Bastelarbeiten abhielten. Zum Schluss wandte er an die Kinder und er sagte nie, dass die Kinder sich da oder dort träfen, sondern er sagte: *„Und WIR Kinder finden uns am Montag um 15 Uhr im Kolpinghaus zum fröhlichen Fastnachtstreiben ein."* Wir Kinder fanden diese Redensart im Gegenteil zu den Erwachsenen nicht lustig, sondern etwas befremdlich und sogar peinlich. Die Vorstellung, zusammen mit dem Pfarrer Fastnacht feiern oder Weihnachtsplätzchen backen zu müssen, war uns unbehaglich. Tatsächlich war es dann aber so, dass Pfarrer K bei den angekündigten Terminen niemals auftauchte, um sich mit uns zu verbrüdern - was uns sehr erleichterte.

Eine andere Neuerung fand ich noch viel schwerwiegender. Pfarrer K setzte uns darüber in

Kenntnis, dass er ab sofort an *„ganz besonderen Sonntagen"* vom Altar in den Kirchenraum hinabsteigen würde, um etwas an die Kirchengemeinde weiterzugeben, was er seinen *„Friedensgruß"* nannte. Und zwar solle das Ganze folgendermaßen ablaufen: Er würde sowohl auf der Frauen- als auch auf der Männerseite immer demjenigen, der in der vorderen Reihe ganz am Anfang säße, die Hand geben und *„Der Friede sei mit dir"* sagen, worauf der oder die so Angesprochene mit *„Und mit dir"* zu antworten und den Wunsch danach mit *„Der Friede sei mit dir"* an die neben ihm sitzende Person weiterzugeben hätte. Und das Ganze immer so weiter, bis jeder den Friedensgruß erhalten hätte. Der allerletzte hinten in der letzten Sitzreihe müsste dann noch aufstehen, die Treppen zum Orgelraum hinaufklettern und den Friedensgruß an den Organisten bzw. an die Mitglieder des Kirchenchors weitergeben. Ich empfand diese Ankündigung sofort als sehr unangenehm und nahm mir vor, niemals diese erste Person in der allervordersten Sitzreihe zu sein.

Aber dann passierte es mir eines Sonntags, dass ich nicht richtig aufgepasst oder nicht mitgekriegt hatte, dass heute ein *„ganz besonderer Sonntag"* war. Ich war die Allererste in der Reihe und sah mit Entsetzen, wie Pfarrer K auf mich zuschritt, meine Hand nahm und *„Der Friede sei mit dir"* zu mir sagte. Vor lauter Schreck antwortete ich zuerst gar nichts, sondern saß wie gelähmt da. Es entstand eine peinliche Stille und es wurde ein bisschen getuschelt. Pfarrer K hatte meine Hand nicht losgelassen und drückte sie nun kurz, um mich zur Antwort aufzufordern. *„Und mit Ihnen"*, sagte ich schnell und um mich herum wurde gelacht. Aber um nichts in der Welt hätte ich zu dem Herrn Pfarrer DU sagen mögen.

Kurze Zeit danach musste ich es dann doch – und sogar mehrmals hintereinander. Als Kommunionkind war man nicht nur am Weißen Sonntag Kommunionkind. Sondern man war fast ein ganzes Jahr lang amtierendes Kommunionkind, nämlich genau so lange, bis die nächsten Kommunionkinder im Amt waren. Ein ganzes langes Jahr lang galt man bei allen hohen Feiertagen und bei besonderen Gelegenheiten als Kommunionkind und hatte seine Pflichten, was Pfarrer K nach dem Gottesdienst immer rechtzeitig von seiner Kanzel herunter bekannt gab: *„Und WIR Kommunionkinder finden uns zum nächsten Gottesdienst in Kommunionanzug und Kommunionkleid ein"*. Genauer: In vollständiger Kommunionverkleidung, mit Kränzchen und allem Drum und Dran.

Eine ganz besondere Gelegenheit war die Investiturfeier von Pfarrer K im Juni 1968. Er war zwar schon eine Weile bei uns, aber die offizielle und feierliche Einführung ins Amt hatte noch nicht stattgefunden. Eines Sonntags passte mich Schwester Maria Lena nach der heiligen Messe vor der Kirche ab und sagte: *„Du, Brunhilde und Barbara, ihr drei sagt bei der Investiturfeier ein Gedicht auf."*

Ich wollte auf keinen Fall ein Gedicht aufsagen, aber es blieb mir nichts anderes übrig. Und weil ich von uns drei Mädchen das größte war, sollte ich auch noch die Ehre haben, beim Gedichtaufsagen in der Mitte zu stehen und das weiße Kissen zu tragen, auf dem der symbolische Kirchenschlüssel liegen würde, den ich Pfarrer K nach dem Gedicht überreichen musste. Das Gedicht hatte Schwester Maria Lena selbst gedichtet. Es bestand aus drei Strophen, wobei jede von uns eine Strophe auswendig zu lernen und sie Pfarrer K an seinem großen Tag vorzutragen hätte. Das Gedicht sollten wir zu Hause lernen und zusätzlich einmal pro Woche in den Kindergarten kommen, um es Schwester Maria Lena aufzusagen und das gemeinsame Zusammenspiel einzuüben.

Meine Strophe war gleich die erste. Ich war außer mir, als ich feststellten musste, dass ich in meinem Text gleich viermal hintereinander DU zu Pfarrer K sagen sollte und wand mich schon beim

Auswendiglernen vor Peinlichkeit. Mein Teil des Gedichtes ging so:

> *„DU stehst im Auftrag Gottes*
> *DU hast von ihm das Amt erhalten*
> *Treu seiner Herde Amt zu walten*
> *Auf allen DEINEN Hirtenpfaden*
> *Sei DU dem Herrn getreu*
> *Priesterwege, Priestersegen*
> *Schafft die Erde neu.“*

Das Gedicht hätte ja stellenweise überhaupt keinen Sinn, meinte Mama. Das fand ich auch und ich wollte das Gedicht überhaupt nicht aufsagen und wenn, dann wollte ich wenigstens die drei DUs und das DEINEN weghaben und versuchte, mit Schwester Maria Lena zu verhandeln. Sie ließ sich in keinem Punkt darauf ein. Die Investiturfeier sei am 29. Juni und jetzt, Mitte des Monats, es sei bereits zu spät, jemand anderen das Gedicht auswendig lernen zu lassen. Ich beschwerte mich über das vertrauliche DU und fragte, ob ich wenigstens eine andere Strophe nehmen dürfe. Denn Barbara und Brunhilde mussten in ihrem Gedicht nicht ein einziges Mal DU zu Pfarrer K sagen. Nein, sagte Schwester Maria Lena, ich hätte in der Mitte von uns dreien zu stehen, weil ich die Größte war und wer in der Mitte stünde und das Kissen mit dem Kirchenschlüssel trage, müsste mit dem Gedicht-

Aufsagen beginnen. Und nein, ich dürfte im Gedicht nicht SIE zu Pfarrer K sagen, denn damit wäre die wunderbare Satzmelodie dahin. Denn wie klänge das denn: *„Auf allen Ihren Hirtenpfaden seien Sie dem Herrn getreu"*? Nein, das ginge nicht.

Der 29. Juni 1968 ging einigermaßen über die Bühne. Außer dass mir speiübel war und mir der Schlüssel auf dem Weg zur Kirche fast vom Kissen rutschte.

*Investiturfeier 1968. Auf dem Kissen
der symbolische Schlüssel zur Kirche:*

In der Kirche sprach ich sehr leise und getraute mich nicht, Herrn Pfarrer K beim Duzen ins Gesicht zu schauen. Einige Leute beschwerten sich, dass die gar nichts verstanden hätten. Und am Nachmittag mussten wir das Gedicht noch einmal auf der Bühne vor einem vollen Festsaal ins Mikrophon sagen. Mein Hals war vor lauter Aufregung so trocken, dass ich krächzte wie ein uralter Rabe. Und dass wir nach unserem Auftritt jede ein Himbeer-Brausestäbchen zum Lutschen bekamen, rettete den Tag auch nicht mehr.

In der Bruder-Klaus-Kirche beim Gedichtaufsagen:

Mütter-Wallfahrt mit Oma als frommer Witze-Erzählerin

Seit ich denken konnte, lagen bei meiner Oma stapelweise Zeitschriften herum. Sie löste Kreuzworträtsel in Akkordarbeit und las stundenlang über Könige und Fürstenhäuser. Wenn ich aus Edingen zu Besuch nach Neckarhausen kam, saß ich gerne auf der alten Schuhmachertruhe meines Opas und blätterte mich durch Berge von Papier. Während Oma kochte, bügelte, staubwischte, Knöpfe annähte, las ich ihr Geschichten vor. Am liebsten mochte sie es, wenn ich ihr die Witze vorlas. Ganz oft waren es nur Bilderwitze mit gar keinem Text. Die konnte man nicht vorlesen, sondern musste die Zeichnungen selber anschauen, um darüber zu lachen. Aber Oma sagte: *„Erzähl mir einfach, was auf dem Bild zu sehen ist"* und nähte weiter. Ich gab mir viel Mühle und beschrieb ihr genau, wie eine riesenhafte, dicke Frau hinter einer Tür lauert und ein Nudelholz schlagbereit in der erhobenen Hand hält, während ihr winzig kleiner Ehemann betrunken zur Wohnungstür hereintorkelt. Dass der Mann betrunken war, konnte man daran erkennen, dass seine Augen verdreht und sein Mund offen war. Und um seinen Kopf herum waren ganz viele kleine Sternchen hingemalt. Das war schon der ganze Bilderwitz, aber dank meiner Beschreibungen konnte Oma es sich gut vorstellen. Der Witz gefiel ihr ausgezeichnet und sie lachte sehr.

Immer, wenn ich einen Witz erzählte, vorlas oder beschrieb, sagte meine Oma dasselbe: *„Ach, wenn ich mir doch nur mal einen Witz merken könnte!"* Oma konnte sich nämlich nie einen Witz merken. Kaum hatte sie sich über einen Witz vor Lachen ausgeschüttet, schon war er wieder vergessen. Das war Omas großer Kummer von jeher. Ich durchforstete sämtliche Zeitschriften nach Witzen, las vor, beschrieb Bilder … Aber so sehr es Oma auch erheiterte, es blieb doch immer ein Wermutstropfen zurück, denn ach, sie konnte sich die Witze ja nicht merken. Oft waren Gäste da, tranken Wein und erzählten Witze. Immer wenn Oma spürte, dass der Witze-Erzähler langsam zum Ende kam und der Witz sich seinem Höhepunkt näherte, griff sie sich mit der Hand an den Hals und öffnete schon lachbereit den Mund. Und wenn der Witz dann endlich heraus war, schrie sie gellend auf und schüttelte sich in bebenden Lachkrämpfen. Ich wartete jedes Mal ab, bis sie sich ausgelacht hatte und bis danach der Satz kam, den ich auswendig mit meinen Lippen tonlos mitformen konnte: *„Ach, wenn ich mir doch nur mal einen Witz merken könnte!"*

Es gab auch eine fromme Zeitschrift, ein katholisches Blättchen, das der Briefträger einmal im Monat vorbeibrachte. Da drin wurde über Missionare geschrieben oder über eine schöne Kirche berichtet, man las über Ostern, Weihnachten oder über einen Heiligen. *„Such die Witze!"*, sagte Oma und ich blätterte ganz nach hinten, wo die Rätsel standen und auch immer ein paar Witze mit einem Rahmen drumherum abgedruckt waren. Ich las, Oma lachte und sagte: *„Ach ...!"*

Doch eines Tages kam er: Der Witz der Witze. Der Witz, den meine Oma nie mehr in ihrem Leben vergessen sollte. Es war der Witz vom Pfarrer, vom kleinen Fritz und von den Hühnern. Ich las ihn vor und außer, dass es ein Witz war, reimte es sich auch noch. Oma stand wie vom Donner gerührt und hörte mit dem Bügeln auf. Es war ein ganz besonderer Moment, es war der Witz ihres Lebens. Sie sagte: *„Nochmal!"* Und ich las ihn nochmal vor und dann nochmal und nochmal. Sie sagte nicht: *„Ach, wenn ich mir doch nur mal einen Witz merken könnte!"* Sie merkte sich den Witz, sprach ihn nach, die Reime gelangen ihr mühelos. Es waren vor allem die Reime, die sie überwältigten und in ihren Bann zogen. Zuerst unterstützte ich sie noch ein bisschen, verbesserte, half ihr beim Anfangen. Aber schließlich ging es ganz von alleine.

An diesem Nachmittag erzählte sie mir den Witz mehrere Male. Sie trug ihn ehrfürchtig vor wie ein Gedicht. Sie lachte nicht dabei, denn dafür war sie noch zu aufgewühlt. Sie trug den Witz der Nachbarin vor, meiner Mutter und abends Opa. Ich hörte misstrauisch zu, ob auch alles richtig wiedergegeben wurde. Ja, alles stimmte, der Witz saß.

Oma war Mitglied im so genannten Mütterverein in Neckarhausen. Und wenn sie auch nie in ihrem Leben richtig in Urlaub war, so fuhr sie doch mehrmals im Jahr mit dem Mütterverein auf Wallfahrt. Das waren Höhepunkte für sie: ein ganzer Reisebus voll unternehmungslustiger Mütter – und der Herr Pfarrer fuhr auch mit. Man besuchte Wallfahrtskirchen und religiöse Gedenkstätten, machte eine Führung und anschließend gab es Kaffee, Kuchen und Wein.

Nach einer dieser Wallfahrten kam Oma erhitzt und mit roten Bäckchen nach Hause. Vorne im Bus sei immer ein Mikrophon, erzählte sie, wo der Herr Pfarrer während der Fahrt hineinsprach und auf Sehenswürdigkeiten aufmerksam machte. Auf der Rückfahrt, nach dem geselligen Beisammensein, war der Vorschlag aufgekommen, Witze ins Mikrophon hineinzusprechen. Einige Frauen hätten sich getraut, nach vorne zu gehen und einen Witz zu erzählen. Und jetzt kommt's: Unter diesen Frauen war auch Oma gewesen! Sie hatte sich getraut, ihren Witz von den Hühnern, dem kleinen Fritz und dem Pfarrer vor allen Leuten ins Mikrophon zu sagen. Ganz schön gezittert vor lauter Aufregung hätte sie dabei. Aber alle Frauen hätten über den Witz sehr lachen müssen und begeistert applaudiert. Sogar der Herr Pfarrer hätte laut gelacht. Und er hätte nachher zu ihr gesagt, es sei der lustigste Witz gewesen, den er seit langer Zeit gehört hatte, und der Witz hätte sich auch noch so schön gereimt.

Es war Omas großer Tag, ein triumphaler Erfolg, an dem sie uns noch lange teilhaben ließ.

Der kleine Fritz hütet die Hühner des Pfarrers und bekommt dafür: Nichts! Stattdessen belehrt ihn der Pfarrer: „Du bist ein Gottessohn, du brauchst keinen Lohn." Am folgenden Tag sind alle Hühner des Pfarrers verschwunden. Im Hühnerstall liegt ein Zettel, auf dem geschrieben steht: „Du bist ein Gottesdiener, du brauchst keine Hühner."

Oma, die erfolgreichste Witze-Erzählerin
des Müttervereins, ganz links im weißen Pulli:

Brennender Braten von Polizei gelöscht

Lug und Trug! Wenn man die Unwahrheit gesagt hatte, musste man das beichten, so hatten wir es im Kommunionsunterricht gelernt. Wenn man bei Pfarrer K im Beichtstuhl kniete, sagte man zum Beispiel: *„8. Wahrhaftigkeit und Ehre. Ich habe meinen Vater angelogen".*

Ich habe meinen Vater oft angelogen, nämlich immer dann, wenn er nervend fragte: *„Habt ihr die Mathematik-Arbeit zurückbekommen? Habt ihr die Lateinarbeit zurückbekommen?"* Dann log ich und sagte: *„Nein, noch nicht".* Auf diese Weise konnte ich mir ein paar Tage Zeit herausschinden, bevor Mäkeleien und Vorhaltungen kamen. Manchmal trieb ich es sogar noch weiter und flocht scheinheilig ein, dass der Lehrer wohl zu faul zum Korrigieren gewesen sei. Da kam ich bei meinem Vater genau an den Richtigen. *„Ja, so ist's recht",* schimpfte er, *„so viel Urlaub und Ferien wie sonst niemand von der arbeitenden Bevölkerung – und dann noch faul sein."* Und ich nickte betrübt dazu.

Wenn ich meinem Vater die benoteten Mathematik- und Lateinarbeiten schließlich zur Unterschrift vorlegte, war er über das Ergebnis immer so empört, dass er nicht auf das Korrekturdatum achtete und niemals dahinter kam, dass ich ihn angelogen hatte. Beichten musste man das aber trotzdem.

Ich war auch ziemlich empört, als ich eines Tages bemerkte, dass manche Leute sogar in aller Öffentlichkeit logen und ihre Schwindeleien außerdem noch stolz in die Zeitung schrieben. Ich fragte mich, ob sie das hinterher beichten mussten, wie zum Beispiel bei Omas brennendem Braten.

Brennender Braten von Polizei gelöscht:

Brennender Braten von Polizei gelöscht

Neckarhausen. Viel Lärm um nichts machten die Sirenen gestern nach zehn Uhr und schreckten die Bewohner hoch. Der Grund: In der Schloßstraße war der Schmorbraten einer Hausfrau in Brand geraten, als sie sich gerade beim Einkauf befand. Die starke Qualmentwicklung ließ Schlimmeres befürchten, so daß Bewohner die Feuermelder und damit die Alarmsirenen in Gang setzten. Die Polizei konnte das durch auslaufendes Fett entstandene „Feuerchen" auf dem Fußboden schnell löschen, so daß die Brandschützer garnicht einzugreifen brauchten. Der Sachschaden blieb gering. PB

Die Wahrheit ist nämlich die, dass Oma den brennenden Braten selbst gelöscht hat – und nicht die Polizei. Meine Mutter fragte: *„Kann ich nicht eine normale Familie haben, wo nicht dauernd was passiert?"*. Ihr passierte in unserer Familie immer zu viel, zum Beispiel die Geschichte mit dem brennenden Braten. Und das kam so:

Es waren Ferien und Mama hatte sich ein paar Tage frei genommen, weil sie den Flur und einen Teil der Küche tapezieren wollte. Dabei konnte sie niemanden gebrauchen, der ihr unnütz im Weg herumstand. Gemeint waren: mein Vater, mein Bruder und ich. Also ging mein Vater arbeiten und mein Bruder und ich wohnten ein paar Tage bei Oma und Opa in der Schlossstraße in Neckarhausen. Aufgrund ihrer Herkunft konnte meine Oma ein paar tolle Gerichte kochen: Mohnnudeln, Buchteln, Palatschinken, Powidldatschgerln, Zwetschgenknödel. An diesem Tag hatte sie aber keine Lust dazu und machte uns zum Mittagessen Schweinebraten mit Kartoffelbrei. Zumindest hatte sie das vor.

Während ich mit meinem Bruder im Hallenbad schwamm, tauchte und herumspritzte, setzte sie den Schweinebraten auf. Dann fiel ihr plötzlich ein, dass sie für den Kartoffelbrei keine Milch hatte. Sie verließ Wohnung und Braten, ging einkaufen und wollte uns auf dem Rückweg vom Hallenbad abholen. Alles wäre gut gegangen, wenn wir nicht längst mit dem Schwimmen fertig gewesen wären. Denn als Oma von draußen durch die großen Scheiben ins Hallenbad hineinspähte, um uns zu winken und Zeichen zu geben, dass wir das Wasser verlassen und zum Mittagessen kommen sollten, waren wir schon längst auf dem Heimweg durch den Schlosspark. Wir hatten uns verpasst und Oma verlor mit ihrer Sucherei durch die Hallenbadscheiben viel wertvolle Zeit.

Als mein Bruder und ich daheim ankamen, sahen und rochen wir die Bescherung: Das ganze Haus qualmte bereits und aus Omas Küchenfenster im vierten Stockwerk quollen dunkle Rauchschwaden. Ich dachte gleich: *„Hansi"*. Hansi war der Kanarienvogel der Nachbarin, den Oma in Pension hatte. Es gelang mir nicht, durchs Treppenhaus nach oben zu kommen, denn der Qualm war so stark, dass ich husten musste und gleich wieder ins Freie torkelte. Mein Bruder schaffte es auch nicht und eine Nachbarin, die gerade vom Einkaufen heimkehrte, konnte nicht in ihre Wohnung im zweiten Stock. Die einzige, die es durch den beißenden Qualm bis zum brennenden Braten in den vierten Stock hinaufschaffte, war Oma selbst, die inzwischen aufgetaucht war. Die Rettung des Kanarienvogels Hansi trieb sie zu Höchstleistungen an. Sie riss als erstes das Küchenfenster auf, verfrachtete zweitens den Vogelbauer ins Wohnzimmer und schmiss drittens den brennenden Braten vom Ofen auf den Fußboden, wo sie das Feuer mit den Füßen austrat.

Oma hatte eine ihr eigene, ganz erstaunliche Grammatik. Aber erst nachdem sie in der rauchgeschwängerten Wohnung das Wichtigste erledigt und den Kanarienvogel Hansi in Sicherheit gebracht hatte, schrie sie uns aus Leibeskräften von oben durchs Treppenhaus zu: *„Holt's wem! Holt's wem!"* Mein Bruder raste wie ein Blitz davon, schlug beim Rathaus die Brandmeldescheibe mit der bloßen Hand ein und blutete wie verrückt. Dann erst kam die Polizei. Den beiden Polizisten erging es ebenso wie mir, sie rannten ins Treppenhaus und kamen postwendend hustend und keuchend wieder heraus, weil sie frische Luft brauchten. Erst als sich der Qualm etwas verzogen hatte, schafften es mein Bruder, die Polizisten und ich, bis in den vierten Stock zu Küche und Oma vorzudringen.

„Viel Lärm um nichts"? Naja, genau genommen war es ja so: Oma musste mit einer Rauchvergiftung ins Krankenhaus, die Wohnung war einige Tage unbewohnbar, der Linoleumboden hatte ein

riesiges Brandloch und der Schweinebraten war zu einem winzigen Stück Brikett verschmurgelt.

Kanarienvogel Hansi hat überlebt.

Mein Bruder purzelt als Messdiener vor dem Altar herum

Aus irgendeinem Grund wurde mein Bruder eines Tages Ministrant. Das Wort kommt von *ministrare*, das ist Lateinisch und heißt ins Deutsche übersetzt „dienen". Also war mein Bruder ein Messdiener und assistierte Pfarrer K bei seinen heiligen Handlungen.

Als Ministrant sah mein Bruder ganz fremd und komisch aus und man hätte ihn fast nicht mehr wiedererkannt. Wenn er Dienst hatte, betrat er die Sakristei mit seinen ganz normalen Kleidern und kam kurz darauf völlig verändert mit dem Pfarrer und den anderen Messdienern wieder heraus. Er trug einen roten Talar, der so lang war, dass man die Schuhe kaum sah, und darüber ein weißes Chorhemd. Er wirkte ganz verwandelt und fromm und das ehrfurchtserheischende Ensemble aus Pfarrer und Ministranten machte einen großen Eindruck auf mich.

Mein Bruder blieb nicht sehr lange Zeit Messdiener. Denn eines Tages passierte etwas, das ihn zwang, seine vielversprechende Ministranten-Laufbahn unverzüglich zu beenden.

Es war eine abendliche Andacht im Marienmonat Mai. Man betete den Rosenkranz. Bei Mai-

Andachten war die Kirche nicht so voll wie bei den sonntäglichen Gottesdiensten. Es war weniger zu tun und deshalb kam immer nur der Pfarrer und zwei Messdiener und eine Handvoll Kirchenbesucher, vor allem uralte Frauen. Für einen Anfänger-Messdiener wie meinen Bruder war so eine Mai-Andacht eine gute Übung, man sagte ihm vorher kurz, was er zu tun hatte, die ganze „Dienerei" war unkompliziert und dauerte vor allem nicht sehr lange. Wenn ein kleiner Fehler passierte, war es nicht so schlimm, denn die uralten Frauen saßen zusammengebuckelt auf den Kirchenbänken, murmelten ihren Rosenkranz herunter und achteten gar nicht so besonders auf die Fehler der Ministranten.

An diesem Mai-Abend schaffte es mein Bruder jedoch, mit spannenden Vorführungen und akrobatischen Darbietungen die alten Damen von ihren Rosenkränzen abzulenken und ihre Empörung hervorzurufen. Und das kam so:

Der Talar passte nicht. Er war meinen Bruder zu lang. Und zwar so lang, dass er nicht nur bis zu den Schuhen, sondern auch über sie und dann noch weiter darüber hinaus reichte. Durch einen schlurfenden Gang konnte man diesen Missgriff ein bisschen kaschieren. Beim Hinknien störte der überlange Talar auch nicht. Wohl aber beim Aufstehen!

Die beiden Messdiener knieten oben am Altar. Auf ein kleines Zeichen des Pfarrers standen sie wieder auf. Während der eine Messdiener schon wieder ganz manierlich aufrecht stand, trat mein Bruder beim Hochkommen mit dem Fuß hinten auf sein langes Messgewand. Im Physikunterricht hatten wir schon von Zugkraft und Zugspannung gehört. Das Gelernte wurde nun mit Hilfe des roten Talars wunderbar anschaulich in die Praxis umgesetzt: Der Stoff spannte sich extrem, riss meinen Bruder mit gewaltiger Kraft nach hinten und warf ihn zu Boden. Er purzelte haltlos vor dem Altar herum.

Dies alles geschah in Sekundenbruchteilen und brachte den Rhythmus des Rosenkranzbetens ein bisschen durcheinander. Pfarrer K blickte streng und schüttelte den Kopf, um sein Missfallen zu bekunden. Mein Bruder rappelte sich halb betäubt vor Schreck auf, trat nach hinten und wurde ein zweites Mal mit roher Gewalt umgerissen. Jetzt hörte man das erregte Getuschel der uralten Damen, die sich über das ungehörige Verhalten des Messdieners sehr empörten. Pfarrer K schüttelte noch heftiger seinen Kopf. Der zweite Ministrant kicherte. Aber es nutzte alles nichts: Wird ein Körper verformt und ändert sich seine Geschwindigkeit, so ist die Ursache dafür immer eine Kraft.

Mein Bruder trat beim Hochkommen mit aller Kraft ein drittes Mal auf den Talar …

Am nächsten Morgen auf dem Weg zur Schule fragte ein Klassenkamerad scheinheilig: *„Na, hast du gestern Abend gedient?"* Da wusste mein Bruder, dass die die Geschichte sich schon herumgesprochen hatte und um nichts in der Welt war er mehr zu bewegen, seine Ministrantentätigkeit fortzusetzen.

Hoppla !

***

FSC
www.fsc.org

MIX

Papier | Fördert
gute Waldnutzung

FSC® C083411

Zeitfracht Medien GmbH
Ferdinand-Jühlke-Straße 7
99095 Erfurt, Deutschland
produktsicherheit@kolibri360.de